JN060437

ルルとミミ

夢野久作＋ねこ助

初出：「九州日報」1926年3月16日〜4月1日

※初出時は「とだけん」名義

夢野久作

明治22年（1889年）福岡県生まれ。慶應義塾大学中退。様々な職業を転々としたあと、37歳のときに「あやかしの鼓」を発表。主な著書に、『ドグラ・マグラ』、『少女地獄』などがある。「乙女の本棚」シリーズでは本作のほかに、『死後の恋』、『瓶詰地獄』（どちらも夢野久作＋ホノジロトヲジ）がある。

ねこ助

鳥取県出身のイラストレーター。書籍の装画、ゲーム、CDジャケットなどのイラストを手がける。著書に『鼠』（堀辰雄＋ねこ助）、『魚服記』（太宰治＋ねこ助）、『山月記』（中島敦＋ねこ助）、『赤とんぼ』（新美南吉＋ねこ助）、『Soirée　ねこ助作品集　ソワレ』がある。

むかし、ある国に、水晶のような水が一ぱいに光っている美しい湖がありまして、そのふちに一つの小さな村がありました。そこに住んでいる人たちは親切な人ばかりで、ほんとに楽しい村でした。

けれどもその湖の水が黒く濁って来ると、この村に何かしら悲しいことがあると云い伝えられておりました。

この村にルルとミミという可愛らしい兄妹の孤児が居りました。二人のお父さんはこの国でたった一人の上手な鐘造りで、お母さんが亡くなったあと、二人の子供を大切に大切に育てておりました。

ところが或る年のこと、この村のお寺の鐘にヒビが入りましたので、村の人達に頼まれて新しく造り上げますと、どうしたわけか音がちっとも出ません。お父さんはそれを恥かしがって、或る夜、二人の兄妹を残して湖へ身を投げてしまいました。

その時、この湖の水は一面に真黒く濁っていたのでした。そうして、ルルとミミのお父さんが身を投げると間もなく、湖はまたもとの通りに奇麗に澄み渡ってしまったのでした。

それから後、この村のお寺の鐘を造る人はありませんでした。夜あけの鐘も夕暮れの鐘も、または休みの日のお祈りの鐘もきこえないまま、何年か経ちました。

村の人々は皆、ルルとミミを可愛がって育てました。そうして、いつもルルに云ってきかせました。

「早く大きくなって、いい鐘を作ってお寺へ上げるのだよ。死んだお父さんを喜ばせるのだよ」

ルルはほんとにそうしたいと思いました。ミミも、早くお兄さんが鐘をお作りになればいい。それはどんなにいい音がするだろうと、楽しみで楽しみでたまりませんでした。

二人はほんとに仲よしでした。そうしてよく湖のふちに来て、はるかにお寺の方を見ながらいつまでもいつまでも立っておりました。

「おおかたお寺の鐘撞き堂を見て、死んだお父さんのことを思い出しているのだろう。ほんとに可愛そうな兄妹だ」

と村の人々は云っておりました。

「水が濁るとよくないことがある」と云われていた湖の水晶のような水が、またもすこしずつ薄黒く濁りはじめました。村の人々は皆、どんな事が起るかと、おそろしさのあまり口を利くものもありませんでした。しまいにはみんな顔を見あわせて、ため息ばかりするようになりました。それでも湖の水は、夜があけるたんびに、いくらかずつ黒くなってゆくのでした。

その時にルルは、お父さんが残した仕事場に這入って、一生懸命で鐘を作っていました。そうして、いよいよ一ツの美事な鐘をつくり上げましたので、喜び勇んで村の人にこの事を話しました。

「鐘が出来ました。どうぞお寺へ上げて下さい」

村の人々はわれもわれもとルルが作った鐘を見物に来ました。その立派な恰好を撫でて見たり、又はソッとたたいて見て、その美しい音にききとれたりしましたが、みんなそのよく出来ているのに感心をしてしまいました。そうして、日をきめてお寺に上げて、この鐘を撞き鳴らして、村中でお祝いをすることになりました。

「湖の水はいくら濁ったって構うものか。鐘つくりの名人の子のルルが、死んだお父様をよろこばせたいばっかりに、あんな小さな姿をして、こんな立派な鐘をつくったのだもの、こんな芽出たいことがあるものか。この鐘を鳴らしたら、どんなわるいことでも消えてしまうにちがいない。湖の水も澄んでしまうに違いない」

と、村の人々は喜んで勇み立ちました。

その日はちょうどお天気のいい日でした。地にはいろいろの花が咲き乱れ、梢や空には様々の鳥が啼いて、眩しいお太陽様が白い雲の底からキラキラと輝いていました。村の人々は、お爺さんもお婆さんも、大人も子供も、みんな奇麗な着物を着て、ルルが作った鐘のお祝いを見にお寺をさして集まって来ました。

お菓子屋や、オモチャ屋や、のぞき眼鏡や、風船売りや、操人形などがお寺の門の前には一パイに並んで、それはそれは賑やかなことでした。

ルルの偉いことや、ミミの美しいことを口々に話し合っていた村の人々は、その時ピッタリと静かになりました。

ルルが作った鐘は坊さんの手で、高く高くお寺の鐘つき堂に釣り上げられました。銀色の鐘は春のお太陽様の光りを受けて、まぶしく輝きながらユラリユラリと揺れました。

村の人々は感心のあまり溜息をしました。嬉しさのあまり涙を流したものもありました。

このとき、ルルは鐘つき堂の入り口に立って、あまりの嬉しさにブルブルと震えながら両手を顔に当(あ)ておりました。その手を妹のミミがソッと引き寄せて接吻(せっぷん)しました。

兄妹(きょうだい)は抱き合って喜びました。

「お父様が湖の底から見ていらっしゃるでしょうね」

けれどもまあ、何という悲しいことでしょう。そうして又、何という不思議なことでしょう。

お寺のお坊さんの手でルルの作った鐘が鳴らされました時、鐘は初めに只一度微(かす)かな唸(うな)り声を出しましただけで、それっ切り何ぼたたいても音を立てませんでした。

ルルは地びたにひれ伏して泣き出しました。ミミもその背中にたおれかかって泣きました。

「これこれ。ルルや、そんなに泣くのじゃない。おまえはまだ小さいのだから、鐘が上手に出来なくてもちっとも恥かしいことはない。ミミももう泣くのをおやめなさい」

と、いろいろに村の人は兄妹を慰めました。そうして、親切に二人をいたわって家まで送ってやりました。

ルルは小供ながらも一生懸命で鐘を作ったのでした。

「この鐘こそはきっといい音が出るに違いない。そっとたたいても、たまらないいい音がするのだから。湖の底に沈んでいらっしゃるお父様の耳までもきっと達くに違いない」

と思っていたのでした。その鐘が鳴らなかったのですから、ルルは不思議でなりませんでした。

「どうしたら本当に鳴る鐘が作れるのであろう」

と考えましたが、それもルルにはわかりませんでした。

ルルは泣いても泣いても尽きない程泣きました。ミミも一所に泣きました。こうして兄妹は泣きながら家に帰って、泣きながら抱き合って寝床に這入りました。

その夜のこと……。ルルはひとりおき上りまして、泣き疲れてスヤスヤ睡っている妹の頬にソッと接吻をして、家を出ました。只だ一人で湖のふちへ来て、真黒く濁った水の底深く沈んでしまいました。

村の人が心配していた悲しいことが、とうとう来たのです。ミミは一人ポッチになってしまったのです。

けれども、ミミはどうしてあの優しい兄さんのルルに別れることが出来ましょう。

村の人がどんなに親切に慰めても、ミミは只だ泣いてばかりいました。そうして朝から晩まで湖のふちへ来て、死んだ兄さんがもしや浮き上りはしまいかと思って、ボンヤリ草の上に座っておりました。

――可哀そうなミミ。

ルルが湖に沈んでから何日目かの晩に、湖の向うからまん丸いお月様がソロソロと昇って来ました。ミミはその光に照らされた湖の上をながめながら、うちへ帰るのも忘れて坐わっておりました。

湖のまわりに数限りなく咲いている睡蓮（すいれん）の花も、その夜（よ）はいつものように睡らずに、ミミの姿と一所に、開いた花の影を水の上に浮かしておりました。

お月様はだんだん高くあがって来ました。それと一所に睡蓮の花には涙のような露が一パイにこぼれかかりました。

ミミは睡蓮の花が自分のために泣いてくれるのだと思いまして、一所に涙を流しながらお礼を云いました。

「睡蓮さん。あなた達は、私がなぜ泣いているか、よく御存じですわね」

その時、睡蓮の一つがユラユラと揺れたと思うと、小さな声でミミにささやきました。

「可哀そうなお嬢さま。あなたはもしお兄さまにお会いになりたいなら、花の鎖をお作りなさい。そうして明日(あす)の晩、お月様が湖の真上にお出(い)でになる時までに、その花の鎖が湖の底までとどく長さにおつくりなさい。その鎖につかまって、湖の底の真珠の御殿へいらっしゃい。お兄さまのルルさまを湖の底へお呼びになったのは、その女王様です」

睡蓮の花がここまで云った時、あたりが急に薄暗くなりました。お月様が黒い雲にかくれたのです。そうしてそれと一所に、睡蓮の花は一つ一つに花びらを閉じ初めました。

ミミはあわててその花の一つに尋ねました。

「睡蓮さん。ちょっと花びらを閉じるのを待って下さい。どうして真珠の御殿の女王様は兄さんをお呼びになったのですか」

けれども、暗い水の上の睡蓮はもう花を開きませんでした。

「湖の底の女王様は、どうして私だけをひとりぼっちになすったのですか」

とミミは悲しい声で叫びました。けれども、湖のまわりの睡蓮はスッカリ花を閉じてしまって、一つも返事をしませんでした。お月様もそれから夜の明けるまで雲の中に隠れたまんまでした。

「アラ、ミミちゃん。こんな処で花の鎖を作っててよ。まあ、奇麗なこと。そんなに長くして何になさるの」

と、大勢のお友達がミミのまわりに集まって尋ねました。

ミミは夜(よ)の明けぬうちから花の鎖を作り初めていたのですが、こう尋ねられますと淋しく笑いました。

「あたし、この鎖をもっともっと長く作ると、それに摑まってお兄さんに会いにゆくのです」

「あら、そう。それじゃ、あたしたちもお加勢しましょうね」

ミミのお友達の女の子たちは、みんなこう云って、方々から花を取ってきてミミに遣りました。ミミは草の葉を縒(よ)り合わせた糸に、その花を一つ一つつなぎまして、長い長い花の鎖にしてゆきました。

夕方になると、お友達はみんなお家へ帰りましたが、ミミはなおも一生懸命に花を摘んでは草の糸につなぎました。

その中に日が暮れると、花の咲いているのが見えなくなりましたので、ミミは草の中に突伏してウトウトとねむりながら、月の出るのを待ちました。

やがて、何だか身体がヒヤヒヤするようなので、ミミは眼をさまして見ますと、どうでしょう、いつのまにのぼったか、お月様はもう空のまんなかに近付いております。

ミミは月の光りをたよりに花の鎖をふり返って見ました。いろいろの花をつないだ艸の糸は、湖のまわりを一まわりしてもまだ余るほどで、果は広い野原の艸にかくれて見えなくなっております。

ミミはこの花の鎖が湖の底まで達くかどうかわかりませんでした。

けれども、思い切ってその端をしっかりと握って、湖の中に沈んでゆきました。

湖の水が濁っているのは、ほんの上の方のすこしばかりでした。下の方はやはり水晶のように明るく透きとおって、キラキラと輝いておりました。

その中にゆらめく水艸の林の美しいこと……。ミミをふり返ってゆく魚の群の奇麗なこと……。

けれどもミミは、ただ兄さんのルルのことばかり考えて、なおも底深く沈んでゆきました。

そうすると、はるか底の方に湖の御殿が見え初めました。

湖の御殿は、ありとあらゆる貴い美しい石で出来ておりまして、真珠の屋根が林のようにいくらもいくらも並んでおりました。

ミミは、その一番外側の、一番大きな御門の処まで来ますと、花の鎖を放して中へ這入って行きました。そうして、もしや兄さまがそこいらにいらっしゃりはしまいかと、ソッと呼んで見ました。

「ルル兄さま……」

けれども、広い御殿のどこからも何の返事もありません。はるかにはるかに向うまで続いている銀の廊下が、ピカピカと光っているばかりです。

ミミは悲しくなりました。

「兄さんはいらっしゃらないのか知らん」

と思いました。

その時でした。御殿の奥のどこからか、

「カアーンカアーン」

という鉄鎚（かなづち）の音と一所に、懐しい懐しいルルの歌うこえが、水をふるわせてきこえて来ました。

「ミミよ　ミミよ　オオ　いもうとよ……くらい　みずうみ　オオ　ならぬかね……ひとり　ながめて　オオ　なくミミよ

「ちちは　ならない　アア　かねつくり……あにも　ならない　アア　かねつくり……ミミを　のこして　アア　みずのそこ

「ミミよ　なけなけ　エエ　みずうみが……ミミの　なみだで　エエ　すむならば……かねも　なるやら　エエ　しれぬもの」

湖の女王様は金剛石の寝椅子の上に横になって、ルルの歌をきいておられました。そうして、ルルが陸に残したミミのことを悲しんで歌っていることを知られますと、湖の女王様は思わず独り言を云われました。

「ああ……私は可哀そうなことをした。ルルを湖の底へ呼ぶために、私はルルが作った鐘を鳴らないようにした。そうして、ルルがそれを悲しがって湖へ身を投げるようにした。そのために可哀そうなミミはひとりポッチになってしまった。

嘸私を怨んでいるだろう……けれども私はそうするよりほかに仕方がなかった――。

――この湖の水晶のような水は、この御殿のお庭にある大きな噴水から湧き出している。その噴水がこわれると、湖の水がだんだん上の方から濁って来る。そうして、その濁りが次第次第に深くなって底まで達（とど）くと、この湖に住んでいるものはみな死んでしまわなければならない。――その大切な噴水が又こわれてしまった。これを直すものはルルしか居ない。だから私はルルを呼び寄せるほかにしかたがなかった――。

――私はこの前にもこうしてルルの父親を呼んだ。その前にも、その又前にも、噴水がこわれるたんびに、何人も鍛冶屋や鐘つくりを呼び寄せた。けれども、そんな人たちはみんな、自分一人で勝手に陸（おか）へ帰ろうとしたために、途中で悪い魚（さかな）に食べられてしまった――。

――ルルは今、噴水を直しながら歌を歌っている。妹のことを悲しんで歌を歌っている。陸（おか）に残った妹もどんなにか悲しいであろう。今度こそは用が済んだら、途中であぶないことのないようにして妹の処へ送り返してやりましょう。鐘も鳴るようにしてやりましょう――。

――ああ、ほんとに可哀そうなことをしました」

この時、ミミはルルの歌の声をたよりに、やっと女王様のお室(へや)の前までたどりついておりました。そうして、女王様のひとり言をすっかりきいてしまったのでした。

ミミは、女王様がルルとミミのことを可愛そうに思っておられる……そうしてルルを陸(おか)に帰してやろうと考えておられることを知りますと、胸が一パイになりました。

その時、女王様は立ち上って、寝部屋(ねべや)へ行こうとされました。

ミミは思わず駈け込んで、女王様の長い長い着物の裾に走り寄りました。

女王様はビックリしてふり向かれました。……ここは当り前の人間がたやすく来るところではないのに……と思いながら

「お前はどこの娘かね……」

とお尋ねになりました。

ミミは品よくお辞儀をしました。そうして、涙を一パイ眼に溜めながらお願いしました。

「私はミミと申します。ルル兄様に会いにまいりました。どうぞ会わせて下さいませ」

「オオ。お前がルルの妹かや」

と、女王様はミミを抱寄せられました。そうして、しっかりと抱きしめて、静かな声で云われました。

「お前がルルの妹かや。お前が……お前が……まあ、何という可愛らしい娘であろう。ルルがお前のことをなつかしがるのも無理はない。悲しむのも無理はない。

お前も嘸(さぞ)悲しかったであろう。淋しかったであろう。そうして私を怨んでいたであろう。

許してたもれや。許してたもれや」

女王様は水晶のような涙の玉をハラハラとミミの髪毛の上に落されました。

ミミは泣きじゃくりながら顔を上げて、女王様に尋ねました。

「女王様。女王様はほんとうに……私たちを陸へ帰して下さいますでしょうか」

「ほんとうともほんとうとも。私が今云うたひとり言はみな偽りでないぞや。

あのルルが来て、あの噴水を直してくれなければ、この湖の中のものは皆死ななければならぬ。それゆえルルを呼びました。それゆえお前にも悲しい思いをさせました。どうぞどうぞ許してたもれや。それにしてもおまえはよう来ました。よう兄さまを迎えに来ました。きっと二人は陸に帰して上げますぞや。お前たちのお父さんのように悪い魚にたべられぬようにして……そうして、陸に帰ったならば鐘も鳴るようにして上げますぞや。

なれども、ルルがあの噴水を治してしまうまでは待ってたもれよ。それももう長いことではない。ミミよ、お聞きやれ。あのルルの打つ鎚の音の勇ましいこと」

女王様とミミは涙に濡れた顔をあげて、ルルの振る鉄鎚の音をききました。

ルルは湖の御殿の噴水を一生懸命につくろいました。もう二度とふたたびこわれることのないように、そうして、陸（おか）の鐘つくりや鍛冶屋さんが湖の女王様に呼ばれることのないように、命がけで働きました。そのうち振る槌の音は、湖のふちにある魚（うお）の隠れ家や蟹の穴までも沁（し）み渡るほど、高く高く響きました。

「カーンコーン　カンコン
ミミにわかれてこの湖の、底にうちふるこの鎚のおと、ルルがうちふるこの槌の音
カーンコーン　カンコン
ないてうちふるこの槌の音、ないてたたいてこの湖の、水をすませやこの槌のおと
カーンコーン　カンコン
ミミにあいたやあの妹に、おかへゆきたやあの故郷（ふるさと）へ、そしてききたやあの鐘の音」

ルルはとうとう噴水を立派につくろい上げました。玉のような澄み切った水の泡が、嬉しそうにキラキラと輝きながら空へ空へ渦巻きのぼってゆきました。そのま上の濁った水が、新しく噴(ふ)き上った水に追いのけられて、そこからあかるい月の光りと清らかな星の光りが流れ込んで来ました。もうこれから何万年経っても、この噴水がこわれることはあるまいと思われました。

湖の御殿の真珠の屋根は、月と星の光りを受けて見る見る輝き初めました。瑠璃(るり)の床、青玉の壁、翡翠(ひすい)の窓、そんなものがみなそれぞれの色にいろめき初めました。

湖の女王の沢山の家来……赤や青や、紫や、黄金(こがね)色の魚(さかな)たちは、皆ビックリした眼をキョロキョロさして、われもわれもと列を組んで御殿のまわりに集まって来ました。そのありさまはまるで虹が泳いで来るようでした。

湖の女王様は手をあげてその魚どもを呼び集められまして、これからルルとミミにできるだけ立派な御馳走をするのだから、その支度をせよと云いつけられました。

湖の御殿の噴水を立派に直したルルは、もう歩くことが出来ないほど疲れておりました。けれども……この噴水がもう二度とふたたびこわれないようになった……この湖の中に在る数限りないものの生命は助かった……そうしてこれから後何万年経ってもこの水は濁らない……村にわるいことも起らないのだ……と思うと、ルルは嬉しくてたまりませんでした。その嬉しさに、疲れた身体を踊らせながら女王様の前に帰って来ました。

その時にルルは、今までにない美しい御殿の様子に気が付きました。

御殿の大広間は夜光虫の薄紫の光りで夢のように照らされておりました。広い広い部屋一パイに飾られた水艸の白い花は、ほのかな香いを一面にただよわせておりました。

その中に群あつまる何万とも何億とも知れぬ魚の数々。その奥の奥に見える紫水晶の階段。その上に立っていられる女王様のお姿。

そうして今一人の美しい女の子の姿……ミミ……。

ルルは思わず壇の上に駈け上ってミミを抱きました。ミミもしっかりとルルの首に獅噛み付きました。

今まで虹のようにジッと並んでいた数限りない魚の群は、この時ゆらゆらと動き出しました。青、赤、紫、緑、黄色、銀色、銅色、黄金色と、とりどり様々の色をした魚が、同じ色同志に行列を作って、縞のようになったり、渦のようになったりしました。又は花の形を作ったり、鳥の形を作って見せたり、はては皆一時に入り乱れて、一つ一つに輝きひるがえる美しさ。その間を飛びちがい入り乱れる数知れぬ夜光虫の光り。それは世界中が金襴になって踊り出すかのようでした。

ルルとミミは抱き合ったまま、夢のように見とれていました。その前に数限りない御馳走が並びました。月の光りはますます明るく御殿の中にさし込みました。そうして、女王様の嬉しそうなお顔やお姿を神々しく照し出しました。

そのうちに月の光りが次第次第に西へ傾いてゆきました。ルルとミミの陸へ帰る時が来ました。

ルルとミミは女王様から貸していただいた、大きな美しい海月(くらげ)に乗って、湖の御殿の奥庭から陸(おか)の方へおいとまをすることになりました。

女王様はルルとミミを今一度抱きしめて頬ずりをされました。そうして、こんなお祈りをされました。

「この美しい兄妹(きょうだい)は、この後どんなことがありましても離れ離れになりませぬように」

ルルもミミも女王様が懐かしくなりました。何だかいつまでもこの女王様に抱かれて、可愛がっていただきたいように思って、涙をホロホロと流しました。

けれども女王様は二人をソッと抱き上げて、海月の上にお乗せになりました。

「海月よ。お前は絶えず光りながら、この兄妹(きょうだい)を水の上まで送り届けよ。そうして、悪い魚が近付かないように毒の針を用意して行けよ」

海月は黙って浮き上りました。

咲き揃った水藻（みずも）の花は二人の足もとを後（うしろ）へ後へとなびいてゆきました。御殿の屋根は薔薇色に、または真珠色に輝きながら、水の底の方へ小さく小さくなってゆきました。宝石をちりばめたような海月の足の下へ……。

「ネエ、ルル兄さま！」

「ナアニ……ミミ」

「女王様は何だかお母様のようじゃなかって」

「ああ、僕もそう思ったよ」

「あたし、何だかおわかれするのが悲しかったわ」

「ああ、僕もミミと二人きりで湖の底にいたいような気もちがしたよ」

こんなことを二人は話し合いました。そうして二人は抱き合って、海月の足の下をのぞきながら、何遍も何遍も女王様のいらっしゃる方へ「左様なら」を送りました。

ルルとミミが湖のおもてに浮き上ったところには、美しい一艘の船が用意してありました。その上にルルとミミは乗りうつりました。

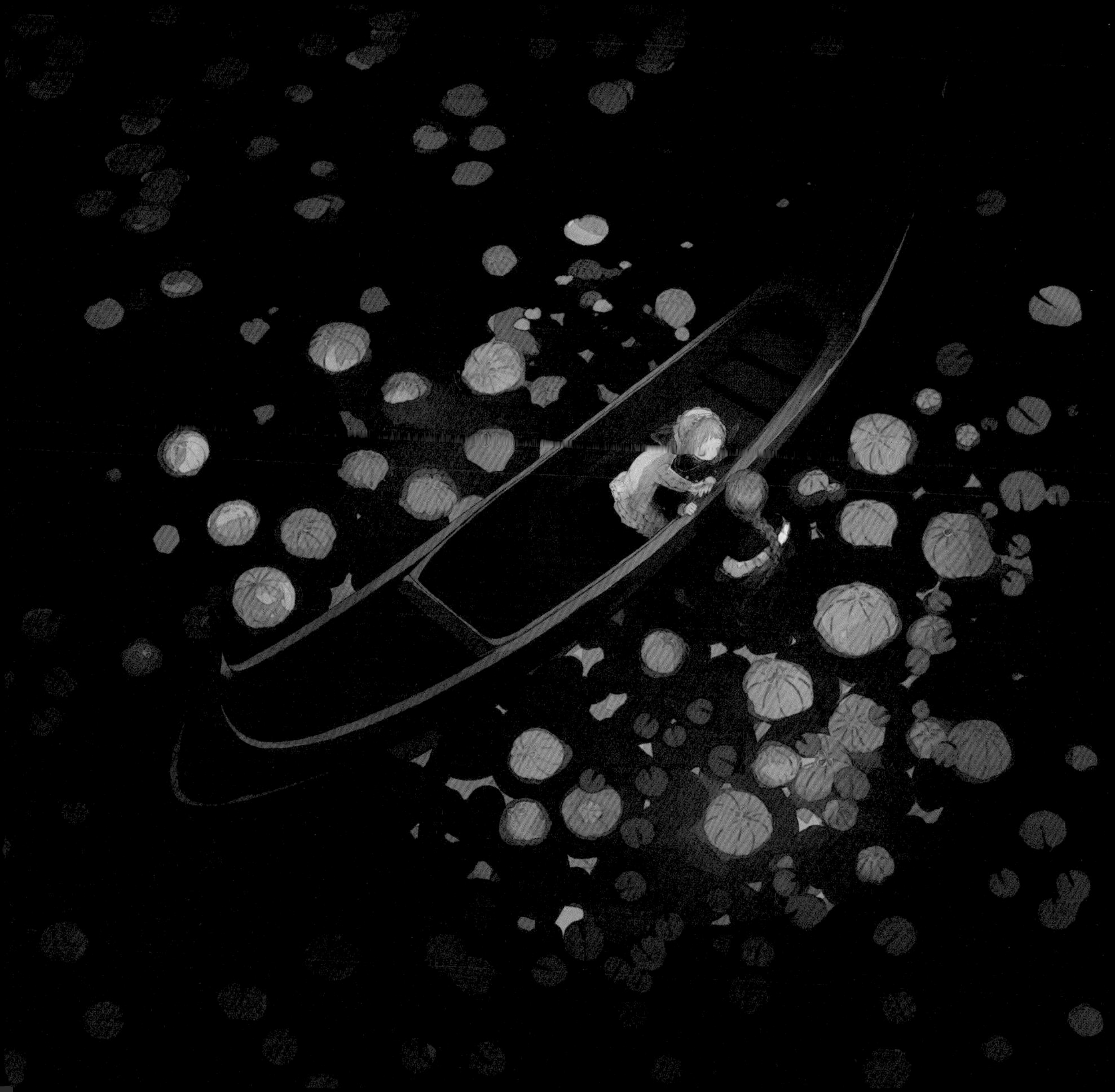

「海月よ。ありがとうよ。ルルとミミが心から御礼を云っていたと、女王様に申し上げておくれ」

　海月はやはりだまって、ユラユラと水の底に沈んで行きました。兄妹（きょうだい）は舷（ふなべり）につかまって、その海月の薄青い光りが、水の底深く深く、とうとう見えなくなってしまうまで見送っておりました。

　お月様は今、西に沈みかけていました。かすかに吹き出した暁の風が、二人の船を陸（おか）の方へ吹き送りはじめました。

　湖の面（おもて）には牛乳のような朝靄（あさもや）が棚引きかけていました。その上から、まだ誰も起きていないらしい、なつかしい故郷の村が見えました。その村のお寺の鐘撞き堂に小さく小さくかすかにかすかに光る鐘……ルルはそれをジッと見つめていましたが、その眼からどうしたわけか涙がポトポトポトとしたたたり落ちました。

「まあ。お兄さま、どうなすったの。なぜお泣きになるの……」

ルルはしずかにふりかえりました。

「ミミや。お前は村に帰ったら、一番に何をしようと思っているの……」

「それはもう……何より先にあの鐘の音をききたいと思いますわ。あの鐘は今度こそきっと鳴るに違いないのですから……どんなにかいい音でしょう……」

と、ミミはもう、ルルの顔をあおぎながら、その音が聞こえるようにため息をしました。ルルも一所にため息をしました。

「ミミや。そうしてあの鐘が鳴ったなら、村の人はきっと私たちを可愛がって、二度と再び湖の底へはゆけないようにしてしまうだろうねえ」

「まあ。お兄様はそれじゃ、湖の底へお帰りになりたいと思っていらっしゃるの……」

ルルはうなずいて、又一つため息をしました。そうして又も涙をハラハラと落しました。

「ああ。ミミや。わたしはあの鐘の音をきくのが急に怖くなった。村の人に可愛がられて、湖の底へ又行くことが出来なくなるだろうと思うと、悲しくて悲しくてたまらなくなった。私は湖の御殿へ帰りたくて帰りたくてたまらなくなったのだ。私は死ぬまであそこの噴水の番がしていたくなったのだ」

「それならお兄様……あの鐘の音はもうお聴きにならなくてもいいのですか……お兄様……ききたいとはお思いにならないのですか」

「ああ。そうなんだよ、ミミ……だから、お前は私の代りにも一度一人で村へ帰って、あの鐘を撞いてくれるように村の人に頼んでくれないか。あの鐘はルルの作り損いではありませんと云ってね。それから兄さんのところへお出で……兄さんはその鐘の音を湖の底できいているから……お前の来るのを待っているから……」

　といううちに、ルルは立ち上って湖の中に飛びこもうとしました。

「アレ。お兄さま、何でそんなに情ないことをおっしゃるの……それならあたしも連れて行ってちょうだい」

　と、ミミは慌ててルルを抱き止めようとしました。そうすると、不思議にもルルの姿は煙のように消え失せてしまいました。船も……お月様も……湖も……村の影も……朝霧も消え失せて、あとにはただ何とも云われぬ芳ばしいにおいばかりが消え残りました。

ミミはオヤと思ってあたりを見まわしました。見ると、ミミは最前のまま湖のふちの草原に突伏して、花の鎖をしっかりと抱きしめながら睡っているのでした。今までのはすっかり夢で、待っていたお月様は、まだようようにのぼりかけたばかりのところでした。そうして湖の水はやっぱりもとの通り黒いままでした。

ミミはワッとばかり泣き伏しました。泣いて泣いて、涙も声も無くなるほど泣きました。女王様の言葉を思い出しては泣き、ルルの顔を思い出しては泣き、ルルと抱き合って喜んだ時の嬉しさを思い出してはあたりを見まわしました。

けれども、あたりにルルの姿は見えませんでした。ただミミが花を摘んでしまった春の草が、涙のような露を一パイに溜めて、月の光りをうつしながらはてしもなく茫々茂っているばかりでした。

それを見て、ミミはまた泣きつづけました。

その中にお月様はだんだんと空の真ん中に近づいて来ました。

ミミも泣き止んで、そのお月様をあおぎました。

「ああ、お月様。今まで見たのは夢でしょうか、どうぞ教えて下さいませ」

けれどもお月様は何の返事もなさいませんでした。

ミミは涙を拭いて立ち上りました。露に濡れた草原を踏みわけて、お寺の方へ来ました。そうして鐘撞き堂まで来ると、空高く月の光りに輝いている鐘を見上げました。

「あの鐘を撞いて見ましょう。あの鐘が鳴ったなら、睡蓮が教えたことはほんとうでしょう。湖の底の御殿もあるのでしょう。女王様のお言葉もほんとうでしょう。お兄さまもほんとうにあそこで待っていらっしゃるでしょう。……あの鐘を撞いてみましょう……」

ミミが撞いた鐘の音（ね）は、大空高く高くお月様まで……野原を遠く遠く世界の涯まで……そうして、湖の底深く深く女王様の耳まで届くくらい澄み渡って響きました。

お寺の坊さんも、村の人々も、子供までも、みな眼をさましたほど、美しい、清らかな音（ね）が響き渡りました。

ミミは夢中になって喜びながら、お寺の鐘撞き堂を駈け降りました。

「ああ……夢ではなかった。夢ではなかった。お兄様はほんとうに湖の底に待っていらっしゃる。

妾（わたし）が来るのを待っていらっしゃる。

ああ、嬉しい。ああ、嬉しい。妾はもうほんとうにお兄様に会えます。そうして、もう二度と再び離れるようなことはないのです。ああ、うれしい……」

こう云ううちに、ミミは最前の花の鎖のところまで駈けもどって来ました。その花の鎖の端を両手でしっかりと握って、静かに湖の底へ沈んでゆきました。――空のまん中にかかったお月様をあおぎながら……。

村中の人々は鐘の音に驚いて、老人（としより）や子供までみんなお寺に集まって来ました。お寺の坊さんと一所になって、どうしたのだろうどうしたのだろうと話し合いましたが、誰が鐘を打ったのか、どうして鐘が鳴ったか、知っているものは一人もありませんでした。

そのうちに鐘撞き堂の石段に、ミミの露に濡れた小さな足あとが、月の光りに照されているのが見つかりました。その足あとは草原（くさはら）のふちまで来ますと、草を踏みわけたあとにかわって、ずっと湖のふちまで続いております。

村の人々はやがて、湖のふちに残っている花の鎖の端を見つけました。その一方の端はずっと湖の底深く沈んでいるようです。

「あら、これはあたしたちがミミちゃんに摘んであげた花よ。ミミちゃんが花の鎖につかまってお兄さんに会いにゆくって云ったから、あたしたちは大勢で加勢して上げたのよ」

と二三人の女の子が云いました。

村の人々は皆な泣きました。泣きながら花の鎖を引きはじめました。

お月様がだんだん西に傾いてゆきました。それと一所に湖の水がすこしずつ澄んで来るように見えました。けれども、花の鎖は引いても引いても尽きないほど長う御座いました。

ようようにお月様が沈んで、まぶしいお太陽様が東の方からキラキラとお上りになりました。その時にはもう湖の水はもとの通り水晶のように澄み切っておりました。そうしてやがて……。

シッカリと抱き合ったまま眠っているルルとミミの姿が、その奇麗な水の底から浮き上って来ました。

——可哀そうなルルとミミ……。

※本書には、現在の観点から見ると差別用語と取られかねない表現が含まれていますが、原文の歴史性を考慮してそのままとしました。

乙女の本棚シリーズ

［左上から］

『女生徒』太宰治 + 今井キラ／『猫町』萩原朔太郎 + しきみ
『葉桜と魔笛』太宰治 + 紗久楽さわ ／『檸檬』梶井基次郎 + げみ
『押絵と旅する男』江戸川乱歩 + しきみ／『瓶詰地獄』夢野久作 + ホノジロトヲジ
『蜜柑』芥川龍之介 + げみ／『夢十夜』夏目漱石 + しきみ
『外科室』泉鏡花 + ホノジロトヲジ ／『赤とんぼ』新美南吉 + ねこ助
『月夜とめがね』小川未明 + げみ ／『夜長姫と耳男』坂口安吾 + 夜汽車
『桜の森の満開の下』坂口安吾 + しきみ／『死後の恋』夢野久作 + ホノジロトヲジ
『山月記』中島敦 + ねこ助／『秘密』谷崎潤一郎 + マツオヒロミ
『魔術師』谷崎潤一郎 + しきみ／『人間椅子』江戸川乱歩 + ホノジロトヲジ
『春は馬車に乗って』横光利一 + いとうあつき／『魚服記』太宰治 + ねこ助
『刺青』谷崎潤一郎 + 夜汽車／『詩集『抒情小曲集』より』室生犀星 + げみ
『Kの昇天』梶井基次郎 + しらこ／『詩集『青猫』より』萩原朔太郎 + しきみ
『春の心臓』イェイツ（芥川龍之介訳）+ ホノジロトヲジ
『鼠』堀辰雄 + ねこ助／『詩集『山羊の歌』より』中原中也 + まくらくらま
『人でなしの恋』江戸川乱歩 + 夜汽車／『夜叉ヶ池』泉鏡花 + しきみ
『待つ』太宰治 + 今井キラ／『高瀬舟』森鷗外 + げみ
『ルルとミミ』夢野久作 + ねこ助／『駈込み訴え』太宰治 + ホノジロトヲジ

全て定価：1980円（本体1800円+税10％）

『悪魔　乙女の本棚作品集』
しきみ
定価：2420円（本体2200円+税10％）

ルルとミミ

2023年6月16日　第1版1刷発行

著者　夢野 久作
絵　ねこ助

発行人　松本 大輔
編集人　野口 広之
編集長　山口 一光
デザイン　根本 綾子(Karon)
協力　神田 岬
担当編集　切刀 匠

発行：立東舎
発売：株式会社リットーミュージック
〒101-0051 東京都千代田区神田神保町一丁目105番地

印刷・製本：株式会社広済堂ネクスト

【本書の内容に関するお問い合わせ先】
info@rittor-music.co.jp
本書の内容に関するご質問は、Eメールのみでお受けしております。
お送りいただくメールの件名に「ルルとミミ」と記載してお送りください。
ご質問の内容によりましては、しばらく時間をいただくことがございます。
なお、電話やFAX、郵便でのご質問、本書記載内容の範囲を超えるご質問につきましてはお答えできませんので、
あらかじめご了承ください。

【乱丁・落丁などのお問い合わせ】
service@rittor-music.co.jp

Printed in Japan　ISBN978-4-8456-3888-8
定価1,980円(1,800円+税10%)